AF303896

Weitere Titel der Autorin:

Kohlsuppe und Kaviar
Gereimtes und ungereimtes Leben

Bürger Bosse Bonmots
Spruch - reifes aus Politik und Alltag

Kaleidoskop
- des Lebens bunte Vielfalt -

Zeit - Stücke
Ein Weihnachtsmärchen fürs ganze Jahr

Über die Autorin
Angelika Trümper, aufgewachsen in Hamburg, schloss sich schon in den 1970er Jahren mit der Studentenbewegung dem Kampf gegen das Wald- und Fischsterben an. Seitdem hält sie auch selbst Hunde und andere tierische Hausgenossen.

Angelika Trümper

Tierische Hausgenossen

Impressum:
Copyright 2016 Angelika Trümper
Herstellung und Verlag
BOD - Books on Demand, Norderstedt

ISBN 9 783837007879

Inhalt

Wie kommt man auf den Hund ?

Sunny war mein erster Hund. Der erste von sechsen, die bislang mein Leben bereicherten. Wie kommt man zu einem Hund? Ganz einfach! Die Tür der Nachbarwohnung steht offen, alle Zimmer sind erleuchtet, es ist Dezember mit starkem Schneefall in diesem Jahr, und die Nachbarin stürzt in heller Aufregung auf mich zu: "Bella kriegt Junge! Hoffentlich kommt der Tierarzt gleich!" Dieses Ereignis musste ich mir natürlich angucken. Zwei entzückende winzige, lebendige Wollknäule lagen schon auf dem Wohnzimmerteppich. Nach drei Scheinschwangerschaften hatte sich niemand mehr Gedanken um die dicker werdende Hündin gemacht. Und nun zeigte sie es allen! "Auf mein schönstes Spitzenkopfkissen hat sie sich gelegt! Das kann ich jetzt vergessen! Aber Hauptsache, es geht alles gut!"

Ganz gut ging es nicht. Glücklicherweise sah der Tierarzt sofort, dass der Erstgeborene flach atmete. Die Hundemutter hatte erst beim Zweiten instinktiv angefangen, ihn zu lecken, damit der Kreislauf in Gang kommt. Die Herztätigkeit des Ersten war schon so schwach, dass er nur noch mit einer Herzmassage gerettet werden konnte. Aber er überlebte! Und alle vier Geschwister auch. Als sie dann nach einer Stunde friedlich auf einer Decke lagen, und die Besitzerin sich fragte, was sie nun mit diesem unerwarteten Zuwachs von fünf Mischlingswelpen anfangen sollte, sagte ich halb im Spaß: "Ach, sie sind so süß! Am liebsten würde ich einen mitnehmen!" Dann musste ich schnell weiter. Dieser Besuch war ja nicht geplant gewesen.

In den nächsten Tagen dachte ich noch manchmal an die niedlichen Kleinen, aber nicht mehr an meinen so leicht dahingesagten Satz. Zwei Wochen später klingelte das Telefon. Die Nachbarin war dran. "Sag mal, es war doch ernst gemeint, dass du einen Hund haben wolltest? Ich habe dich fest eingeplant!" Oha, mit diesem Überfall hatte ich jetzt nicht gerechnet. Was sollte ich so schnell sagen? Natürlich, ich mag Hunde, aber einen eigenen sofort? Doch warum nicht jetzt, wenn die Gelegenheit da ist? Aber was kostet das eigentlich? Ach, sie sind doch so süß! Habe ich überhaupt genug Zeit? So einen Freund zu haben, wäre schon toll! Und im Urlaub? Wie groß er wohl wird? Die Mutter ist ein Cockerspaniel, der Vater fast ein Schäferhund. Reicht der Platz? Jeden Tag spazieren gehen und draußen herumtollen? Verantwortung und Spaß. Und doch - die Antwort ist ja. Ja! Ich freu' mich auf dich!

Erst jetzt im Nachhinein weiß ich, was für eine gute Entscheidung das war. Obwohl wir schon einmal einen Hund hatten, als ich ein Kind war, eine Boxerhündin, von der ich vorwiegend noch weiß, dass sie mit Begeisterung Salmis futterte und mit den Vorderpfoten stets die Blumentöpfe von den Fensterbänken abräumte, hatte ich von Hundeerziehung doch wenig Ahnung.

Bei Sunny brauchte ich die auch nicht. "Sitz - Platz - komm," lernte er schnell, und alles andere hat dieser Hund von selbst gemacht. Na klar: "Der eigene Hund macht keinen Lärm, er bellt nur," sagte Kurt Tucholsky. Aber er hat es uns wirklich leicht gemacht.

Zumindest, wenn er unserer Meinung war. Wenn er glaubte, zu Unrecht gerügt worden zu sein, guckte er uns im wahrsten Sinne des Wortes nur noch mit dem Hintern an. Sein Lager war in einer Ecke des Flures und dorthin verzog er sich dann - aber mit dem Kopf zur Wand, so dass er uns tatsächlich sein Hinterteil entgegenstreckte.

Bis zu zwei Stunden konnte er dort so verbringen, kein Rufen half. Erst, wenn er meinte, uns genug mit Verachtung gestraft zu haben, kam er wieder zu uns ins Wohnzimmer. Genauso verhielt er sich, wenn wir griechisch essen gegangen waren. Er kam wie immer freudig auf uns zu, aber wenn er Knoblauch roch, drehte er sofort ab und kam möglichst nicht mehr in unsere Nähe.

< >

Er war nie bösartig, aber er hatte sicher einen Sinn für Gerechtigkeit. Leider passierte es immer wieder mal, dass einige ältere Leute, die ihn beim Spazieren gehen hinter unserem Gartenzaun stehen sahen, mit ihren Spazierstöcken durch den Draht nach ihm stießen.

Eines Tages sahen wir diese Leute am Waldrand etwa 30 m vor uns gehen. Sunny gab plötzlich Gas und rannte hinter ihnen her. Mir schwante Übles, doch er lief an ihnen vorbei, drehte sich plötzlich um, blieb ca. 5 m vor ihnen stehen und verbellte sie. Nur einen Schreck haben sie bekommen - und nie wieder mit dem Stock durch den Gartenzaun gestochen.

Waldmann

Ja, den alten Spruch: "Quäle nie ein Tier zum Scherz, denn es fühlt wie du den Schmerz!" sollten wir viel ernster nehmen. Nein, mehr noch: es sollte selbstverständlich sein, mit allen Lebewesen freundlich umzugehen. Und wenn Menschen das immer wieder nicht tun, müssen sie sich nicht über eine barsche Reaktion wundern.

So hätte unser Nachbarsjunge Klaus sich auch eine schmerzhafte Erfahrung ersparen können. Auf dem Schulweg kam er immer an dem Grundstück eines mit seinen Eltern befreundeten Ehepaares vorbei. Die Leute fand er nett, nur ihren Dackel Waldmann, der ab und zu hinter dem Gartenzaun stand und ihn ankläffte, hasste er. So suchte er immer nach kleinen Steinchen oder Stöckchen, die er nach dem Hund schmiss. Der bellte darauf natürlich noch lauter und der Junge lief lachend davon.

Eines Tages hatte Frau Müller, das Frauchen von Waldmann, Geburtstag und Klaus sollte im Auftrag seiner Mutter einen Blumenstrauß abgeben. Er tat, was er tun sollte, klingelte an der Haustür und dachte überhaupt nicht mehr an den Hund. Die Tür, hinter der auch Waldmann stand, wurde geöffnet, der erkannte Klaus, schoss blitzschnell an seinem Frauchen vorbei und biss seinem Peiniger ohne Vorwarnung kräftig in die Wade. Klaus schrie auf. Frau Müller war entsetzt und entschuldigte sich für ihren Hund: "Ich verstehe das nicht, er hat noch nie jemanden gebissen! Komm rein, du kriegst erst mal ein Stück Kuchen!" Aber Klaus lehnte dankend ab. *Er* hatte verstanden - und wollte nie wieder ein schutzloses Tier ärgern.

Schwere Entscheidungen

Waldmann hatte ein gutes Gedächtnis! Immer wieder las ich in Hunderatgebern, dass Hunde nicht nachdenken, sondern nur reagieren. Ich kann das nicht glauben.

An einem bestimmten Wochentag besucht mein Mann einen Nachbarn und Sunny darf mitkommen, was er wegen des Spaziergangs auch gern tut. An so einem Tag gab es bei uns Hähnchen zu Mittag. Sunny bekommt immer die Reste, die an den Knochen dran geblieben sind. Wir hatten spät gegessen und Herrchen zog sich schon den Mantel an, als die Hähnchenteller noch auf dem Tisch standen.

Erst sprang Sunny freudig auf, um Herrchen zu begleiten, aber plötzlich blieb er auf der Türschwelle stehen und guckte zurück auf den Esstisch. Dann zu Herrchen. Dann zum Esstisch. Er wusste, dass nur eins geht - spazieren gehen oder Hähnchen essen. Wir sahen belustigt zu, wie sein Gehirn arbeitete. Gewonnen hat, wer kann's ihm verdenken, das Hähnchen!

Fressen ist natürlich ein wichtiges Thema - auch für Hunde. An einem Osterfest, als die Schokoladeneier noch hübsch in einem Korb auf dem Tisch lagen, machten wir ohne Sunny einen kurzen Besuch bei den Nachbarn.

Als wir wiederkamen, war der Korb geplündert. Das war wirklich ungewöhnlich, Sunny bediente sich sonst nicht vom Tisch. Die Verlockung war wohl zu groß gewesen, aber wir merkten, dass er nicht sehr fröhlich war. Die verpackten Eier waren ihm wohl nicht so gut bekommen.

Im nächsten Jahr lief der Ostersonntag genau so ab, nur, dass wir uns diesmal keine Gedanken über die Eier machten. Sunny würde ja nicht den gleichen Fehler noch einmal machen! Tat er auch nicht. Als wir vom Besuch wiederkamen, lag lauter Stanniolpapier auf dem Fußboden. Diesmal hatte er, wie auch immer, die Eier ausgewickelt.

< >

Noch unglaublicher war die Geschichte von Bessie und Lady. Bekannte von uns hatten eine Hündin und von einem Wurf eine ihrer Töchter behalten. Die beiden waren unzertrennlich, ein Herz und eine Seele! Die Hundeliebe - oder war es Respekt? - ging so weit, dass Lady, wann immer sich die Gelegenheit bot, etwas vom Küchentisch zu klauen, zwei Teile nahm! Die erste Scheibe Wurst brachte sie unversehrt ihrer Mutter. Dann erst vernaschte sie ihr eigenes Stück.

Gemeinsam sind wir stark

Apropos selber denken. Die Besitzerin von Bessie und Lady hütete einmal die Katze einer Freundin. Auch mit ihr verstanden sich die beiden Hunde gut. Wenn man ein fremdes Tier in Obhut hat, ist natürlich die größte Sorge, dass ihm nichts passiert. So bekam die Frau einen Riesenschreck, als die drei, die sie im Haus gelassen hatte, sie plötzlich im Garten besuchten. Wie konnte das sein? Sie war sich sicher, dass sie die Haustür zugezogen hatte.

Am nächsten Tag verließ sie wieder die Wohnung, beobachtete die Tiere aber unbemerkt durch ein Fenster.

Es dauerte nicht lange, da stellte sich der größere Hund an die Wohnungstür, die Katze sprang auf seinen Rücken und von dort an den Türdrücker! Beim ersten Versuch tat sich nichts, aber die beiden hatten unbeirrt ihr Ziel vor Augen und beim zweiten Mal klappte es! Die Tür sprang auf und sie konnten wieder auf Wanderschaft gehen.

Katzen setzen sich durch

Katzen sind eben schlau und eigenwillig. Einmal besuchte ich Bekannte. Die Kinder ließen mich ins Haus, aber auf die Mutter musste ich einen Moment warten. Ich setzte mich auf einen Stuhl in der Diele. Nach kurzer Zeit kam die Katze des Hauses auf mich zu, blieb in ca. einem halben Meter Entfernung von mir stehen und starrte mich an. Ich sagte freundlich: "Hallo, Muschi!" Die Katze blickte mich unverwandt an. Dann begann sie, um meinen Platz herumzulaufen, immer im Kreis.

Da ich offensichtlich nicht verstand, was sie von mir wollte, fing sie an zu miauen. Endlich kam ihr Frauchen und löste das Rätsel: "Du sitzt auf ihrem Stuhl!" Ich stand natürlich sofort auf, mit einem Satz sprang die Katze auf den Stuhl - und miaute weiter. Erstaunt sah ich ihre Besitzerin an. "Ach so, Entschuldigung, ihr Kissen fehlt noch!" Schnell holte sie es, Muschi kuschelte sich wohlig zusammen und war endlich zufrieden.

< >

Das krasseste Erlebnis, welches ich mit einer Katze hatte, passierte im Urlaub auf einem Bauernhof in Österreich. Viele Tiere gab es dort: Schweine, Kühe, Hühner, Senta, eine Bernhardinerhündin und Minki, die Katze. Der Bauer meinte, er sei zu bedauern. "Der Hahn und ich sind die einzigen Männer hier!"

In einem Teil des Bauernhauses wurden Pensionsgäste untergebracht, die auch den schönen Garten mitbenutzen durften. Vor drei Wochen nun hatte Minki Junge bekommen, die sie in einem Verschlag mit Auslauf

auf den Rasen großzog. Eine Urlauberin aus Wien hatte ihr Meerschweinchen mitgebracht. Sie fragte die Bäuerin, ob sie es tagsüber im alten Kaninchengehege laufen lassen dürfe. "Kein Problem!" sagte die Chefin. Ein folgenschwerer Fehler!

Das Meerschweinchen saß kaum auf der Wiese, als die Katze über den niedrigen Zaun sprang und das kleine Schwein adoptierte. Sie hegte und pflegte es wie ihre eigenen Welpen. Niemand durfte in die Nähe des Geheges kommen. Ich habe weder vorher noch nachher eine so wütende Katze gesehen. Sie fauchte, fuhr die Krallen aus und biss auch zu, wenn jemand "ihrem Baby" zu nahe kam. Wir Urlaubsgäste flüchteten geradezu vor ihr, zum Entsetzen der Wirtin. Auch Senta, die sich den Neuzugang einfach nur ansehen wollte, bezahlte ihre Neugier mit einer blutigen Nase.

So hatte sich die Besitzerin des Meerschweinchens die Sache natürlich nicht vorgestellt. Selbst sie traute sich nicht mehr an ihr Tierchen heran. Wenn nicht die Bauersfrau beherzt den kurzen Moment abgepasst hätte, als Minki mal selbst fressen wollte und ihr blitzschnell das Schweinchen wieder "gestohlen" hätte - die Wienerin hätte wohl ihren Urlaub verlängern müssen, bis die Welpen abgestillt worden wären...

Kinderstube

Aber jetzt zurück zu Sunny. Was meinte ich damit, dass er vieles einfach von selbst richtig machte? Wir haben ihm z. B. nie den Befehl "bleib!" beigebracht. Trotzdem konnten wir ihn gefahrlos aus dem Auto lassen, wenn wir ihn zum Einkaufen mitnahmen. Er lief zum nächsten Baum, hob einmal das Beinchen, kam zurück und legte sich neben das linke Hinterrad. Dort blieb er liegen, ohne sich zu bewegen oder zu bellen, bis wir wiederkamen.

Sunny war drei Jahre alt, als unsere Tochter geboren wurde. Erst beäugte er skeptisch, was ich da in der Tragetasche mitgebracht hatte. Drei Tage lang zog er sich etwas von uns zurück, bis er dann wohl begriffen hatte, dass dieses Bündel ein neues Familien - (Rudel-) mitglied war. Von diesem Moment an wich er der Kleinen nicht mehr von der Seite. Auch nicht, wenn wir mit dem Kinderwagen spazieren gingen.

Als wir einmal Pilze sammeln wollten, konnten wir den Kinderwagen getrost auf dem Waldweg stehen lassen und im Gebüsch suchen. Sunny blieb wie selbstverständlich neben dem Kinderwagen sitzen und rührte sich nicht von der Stelle.

Er hielt sich oft im gleichen Zimmer wie das Baby auf. Nur, wenn sie seiner Meinung nach zu lange oder zu laut schrie, ging ihm das sichtlich auf die Nerven. Er suchte sich dann demonstrativ den Platz in der Wohnung, der am weitesten von dem Gebrüll entfernt war. Sicher bedauerte er, dass er sich nicht die Ohren zuhalten konnte...

Doch die Freundschaft zwischen den Beiden trübte das nicht. Die Kleine kümmerte sich bald mit um "ihren" Hund und guckte immer beim Füllen des Futternapfes zu. Eines Tages, so mit drei Jahren, fragte sie mich: "Mama, hast du schon den Hundi ge - ge - gefressen?"

In diesem Alter ging sie auch schon mit dem Hund spazieren. Sie wollte natürlich selbst, so wie wir, die Leine halten. Das gefiel uns zuerst gar nicht, denn bei uns zog Sunny ganz gern mal kräftig, wenn wir ihm zu langsam waren. Doch auch diese Situation meisterte er. Wenn die Kleine ihn "führte", trottete er so langsam neben ihr her, dass die Leine immer durchhing.

Auslauf

Beim Spazieren gehen wollten wir Sunny mal foppen, bzw. testen, wie er reagiert. Er lief ohne Leine neben uns einen Feldweg entlang, der sich irgendwo gabelte. Mein Mann ging rechts weiter, ich nach links. Ich rief Sunny, und er lief gehorsam zu mir. Dann pfiff Herrchen nach ihm, und er hetzte zurück. Nun rief ich ihn wieder, dann mein Mann. Er lief hin und her und forderte jeden von uns durch bellen auf, doch umzukehren.

Als keiner von uns nachgab, meinte er wohl, er müsste der Klügere sein und legte sich genau auf die Weggabelung. Sollten die doch sehen, was sie davon haben, wenn sie sich nicht einigen können!

< >

Laufen ist für Hunde ja immer toll. Sunny trieb aber an einem Nachmittag mehr als der Bewegungsdrang dazu, über unseren Gartenzaun zu springen und zu verschwinden. All unser Suchen in der Umgebung blieb erfolglos. Nach einer endlos langen Stunde, in der man sich schon ausgemalt hatte, was alles passiert sein konnte, klingelte unser Telefon. Eine Bekannte meldete uns aufgeregt, dass sie unseren Hund in ihrem Garten entdeckt hätte.

Wir waren fassungslos. Am Vormittag hatten wir die Familie zusammen mit Sunny besucht. Sie hatten uns gleich vor ihrer läufigen Hündin gewarnt, und wir hatten die Hunde nicht unbeaufsichtigt zusammen gelassen. Jetzt war Sunny allein die zwei Kilometer zurückgelaufen und holte offenbar das entgangene Vergnügen nach...

Schwimmen dagegen mochte Sunny nicht. Vielleicht lag es daran, dass er einmal einen großen Schreck bekommen hatte, als wir an einem kleinen See "Stöckchen holen" mit ihm spielten. Der Teich war voller Entengrün. So etwas hatte Sunny noch nie gesehen und wahrscheinlich gar nicht gemerkt, wo die Wiese aufhörte und das Wasser anfing.

Als der Stock auf dem See landete, lief er einfach geradeaus weiter, verlor plötzlich den Boden unter den Pfoten und plumpste hinein. Verdattert tauchte er wieder auf, und paddelte so schnell er konnte die fünfzig Zentimeter zurück ans rettende Ufer.

Im Sommer fuhren wir gern an eine Badestelle, an der auch Hunde ins Wasser durften. Viele Hunde gingen dort begeistert mit oder ohne Herrchen schwimmen. Sunny aber blieb immer am Ufer stehen.

Eines Tages versuchten wir, ihn an der Leine mit ins Wasser zu nehmen. Wir dachten, wenn er nicht mehr stehen kann, wird er wahrscheinlich instinktiv Schwimmbewegungen machen und dann auch Spaß an der Sache finden.

Fehlschuss! Als ihm das Wasser bis zum Bauch ging, blieb Sunny einfach stehen und rührte sich nicht mehr. Wir wollten ihn zu nichts zwingen und kehrten sofort mit ihm um. Da hatten wir aber schon verspielt!

Zutiefst beleidigt suchte sich Sunny einen Platz ca. 20 m von unserem Lager entfernt. Und dort blieb er liegen. Es half kein Rufen, kein Locken. Wenn einer von uns auf ihn zuging, wich er zurück, so dass der Abstand immer gleich blieb. Abends packten wir unsere Sachen zusammen und machten uns auf den Rückweg zum Auto. Nun würde er doch wohl mitkommen! Ja, tat er, aber immer in gleichbleibender Entfernung. Er trottete ungefähr 20 m hinter uns her, gerade so, dass er uns beobachten konnte.

Schließlich erreichten wir unser Auto, packten alles ein, ließen den Kofferraum aber noch offen. Dann starteten wir den Motor. Als Sunny dieses Geräusch hörte, wusste er, dass es seine letzte Chance war, spurtete los und sprang ins Auto. Nein, allein zurückbleiben wollte er dann doch nicht!

Peti, der Kanarienvogel

Die meisten Tiere bewegen sich gern. Gerade Vögel, unfreiwillig als Haustiere gehalten, freuen sich über jede Gelegenheit, den Käfig zu verlassen. So auch Peti, der Kanarienvogel.

Peti war ein Exportartikel von Deutschland nach Deutschland. Als ein Freund von uns als kleiner Junge 1959 seine Ferien bei den Großeltern in Rostock verbrachte, besuchten sie zusammen einen Vogelzüchter. Der schenkte dem Jungen einen Kanarienvogel, den er Peti nannte, nach Peter, dem Sohn des Züchters.

Die Freude über diesen fröhlich musizierenden Vogel war so groß, dass der Junge ihn nach Hause mitnehmen wollte. Wie aber den Peti über die Grenze bis nach Hamburg schmuggeln? Der Junge war so traurig, dass man den Versuch wagte, den Vogel in eine kleine Tasche steckte, diese in die große Reisetasche, ein Tuch locker über ihn legte und daneben noch viele andere Dinge.

Ahnte der Vogel, dass es eine besondere Situation war? Während der Kontrolle im Zug gab er im wahrsten Sinne des Wortes keinen Pieps von sich. Alles ging gut! Nachdem man auf westdeutschem Boden war, wurde das Tuch gelüftet und Peti trällerte befreit.

In seinem neuen Zuhause fühlte er sich schnell wohl. Er durfte in der Wohnung herumfliegen. Dabei hatte er bemerkt, dass der Wasserhahn der Nirosta-Spüle in der Küche ein wenig tropfte und er dort schön duschen konnte. Gern flog er im Sturzflug direkt in die Spüle und vergnügte sich.

Eines Tages hatte er aber leider nicht bemerkt, dass sein Landeplatz besetzt war durch einen Kochtopf, in dem vorher Grünkohl auf Schweinebacke gekocht worden war. Er flog wie immer im Sturzflug hinein - und saß in der fettigen Brühe fest. Er zeterte fürchterlich, denn er konnte sich nicht mehr richtig bewegen.

Die Frau des Hauses eilte ihm zu Hilfe, aber erst mal wurde es nicht besser für ihn: unter seinem lautstarken Protest säuberte sie jede einzelne Feder gründlich mit lauwarmem Wasser, wickelte ihn dann in ein kleines Tuch und legte ihn zum Trocknen auf die Marmorplatte über dem Heizkörper.

Er fand das alles gar nicht lustig. Aber nicht, dass er ab sofort einen weiten Bogen um die Nirosta-Spüle gemacht hätte, nein: er flog von nun an vorsichtig an den Rand der Spüle, guckte, ob sie leer war - und ging dann duschen!

Frech wie Bastl

Natürlich denken Tiere genau wie wir Menschen gern an das eigene Wohl und die eigene Bequemlichkeit...

Basti, unser schlauer kleiner Westie-Mix, war darin sehr findig. Als er sieht, dass ich Tasso, unseren anderen Hund streichele, läuft er zur Terrassentür, bellt und will raus.

Raus ist immer gut. Tasso folgt ihm und rennt in den Garten. Basti aber kehrt um und erwartet mich schwanzwedelnd im Wohnzimmer. Nun habe ich Zeit ganz allein für ihn!

Ein anderes Mal liegt Tasso, was ja eigentlich nicht erlaubt ist, auf dem Sofa. Unruhig läuft Basti vor dem Sofa hin und her. So bequem möchte er es natürlich auch haben! Also was tun? Plötzlich rennt er aufgeregt kläffend zur Haustür, wie immer, wenn draußen etwas los ist. Tasso springt neugierig vom Sofa und - schwupp! liegt Basti auf dem heiß begehrten Platz.

In's Schlafzimmer dürfen unsere Hunde nicht. In's Bett schon gar nicht. Das wissen sie genau. Aber vielleicht wenigstens unters Bett? Eines nachts höre ich ein merkwürdiges, kaum wahrnehmbares Geräusch und knipse ein kleines Nachtlicht an. Da sehe ich Basti, der versucht, sich auf den angezogenen Hinterbeinen und den Ellbogengelenken unter das Bett zu "schleichen."

Schatz aus der Mülltonne

Aber eine konnte es noch besser. Mascha, unser Mix aus der Mülltonne. Nein, das ist kein Witz! Und wenn, dann ein sehr schlechter.

Mascha lernten wir in einem Tierheim als Welpen kennen. Dieses kleine verstörte, halb verhungerte und völlig verdreckte etwa drei Monate alte Bündel hatte jemand in einer Mülltonne gefunden und im Tierheim abgegeben.

Dort suchte man jetzt ein liebevolles Zuhause für dies arme Tier. Ganz klar, dass wir sie nicht dort lassen konnten und gleich mitnahmen. Mehr als alle anderen war dieser Hund auf uns fixiert. Anderen Menschen gegenüber blieb sie ihr Leben lang skeptisch.

Sie brauchte viel Zuwendung, um ihr wieder Selbstvertrauen zu geben, und die bekam sie von uns natürlich. Doch als unser anderer Hund krank wurde, kümmerten wir uns tagelang mehr um ihn. Mascha beobachtete das mit wachsender Eifersucht.

Eines Tages kam ich vom Einkaufen, Mascha begrüßte mich freudig schwanzwedelnd und sprang an mir hoch. Ich streichelte sie kurz und wandte mich dann wieder besorgt dem kranken Hund zu: "Na Nestor, wie geht´s dir denn?" Plötzlich liegt Mascha bewegungslos neben mir auf dem Teppich, alle Viere von sich gestreckt. Ich grinse nur und streichle weiter den anderen Hund. Mascha bleibt wie tot liegen, bis ich zu ihr komme.

"Ach du armer Hund, geht´s dir auch schlecht?" Ich streichle sie, und sie bleibt minutenlang regungslos liegen und genießt es einfach. Als ich mich dann meiner Hausarbeit zuwende, springt sie fröhlich wieder auf.

Vor Mascha musste man sich aber manchmal auch in acht nehmen. Vielleicht war das ihre Rache - die Rache des kleinen Hundes? - oder nur ein lustiges Spiel? Wenn Besuch kam, begrüßte man sich, und die Jacken wurden aufgehängt. Mascha nutzte diese Zeit, immer unbemerkt, allen die Schnürsenkel aufzuziehen, und mancher stolperte mehr ins Wohnzimmer, als er ging. Das Erstaunen war groß, und Mascha hatte die Lacher auf ihrer Seite, mal wieder alle Aufmerksamkeit auf sich gezogen.

Empathie

Mascha war wohl unser pfiffigster Hund. Ob sie aufmerksamer war als alle anderen, weil sie gleich als Welpe ausgesetzt, ja praktisch weggeworfen worden war? Wie herzlos müssen Menschen sein, die so etwas fertig bringen. Und was für ein großes Herz muss so ein kleiner Hund haben, der nach diesem Erlebnis nicht alle Menschen beißt und anpisst, sondern unterscheiden kann und Menschen, die es gut mit ihm meinen, wieder seine Zuneigung schenkt?

Tiere haben vielleicht nicht so viel Verstand wie Menschen, aber sind ehrliche Gefühle nicht oft viel mehr wert?

Wenn ich nach Hause komme und mein Hund mich freudig begrüßt, kann ich sicher sein, dass er sich über mein Kommen freut. Wenn ein Mensch mich mit den Worten begrüßt: "Wie schön, dich zu sehen!" weiß ich nicht genau, ob er denkt: "Ach, die schon wieder."

Nach so vielen Jahren als Hundehalter sind wir immer wieder überrascht, welche Empathie diese Tiere uns entgegen bringen.

Unser Berner Sennenhund Tasso z. B., bot sich einmal als Buchstütze an. Eine Freundin, die zu Besuch gekommen war, wollte mir eine Stelle in einem dicken Wälzer zeigen. Eine Hand brauchte sie zum Umblättern und suchte deshalb nach einer Ablagegelegenheit für das Buch.

Tasso begriff das offensichtlich und setzte sich dicht neben sie, mit dem Rücken zu ihr. Sie legte das Buch auf seinen Hals, und er wartete geduldig, ohne sich zu bewegen oder das Buch abzuschütteln, bis sie zu Ende gelesen hatte.

Noch mehr hat uns unser Collie-Schäferhund-Mischling Nestor erstaunt. Wir hatten uns die DVD "Die Zuflucht" nach Corrie ten Boom ausgeliehen und sahen den Film zusammen mit einigen Freunden an. Auch Nestor war dabei und lag auf dem Wohnzimmerteppich. Teilweise ist die Handlung des Films so tragisch, dass einer jungen Frau die Tränen kamen. Sie hat natürlich nicht laut losgeheult, sondern saß ganz ruhig auf dem Sofa.

Als erster von uns allen bemerkte der Hund ihre veränderte Stimmung. Er stand auf, ging ganz ruhig zum Sofa und legte vorsichtig seinen Kopf auf ihren Schoß. So viel Mitgefühl erhoffte man sich manchmal von Menschen!

Zum Abschluss noch ein kleiner nostalgischer Rückblick in das vorige Jahrhundert, in die Nachkriegszeit, in der das Halten von Kleintieren noch viel selbstverständlicher war als heute.

Damals gehörte oft auch zu Mietwohnungen in Großstädten ein Hinterhof oder ein kleiner Garten, in dem Hühner, Kaninchen oder sogar Enten und Gänse gehalten wurden. Die Kinder mussten nicht bei einem Schulausflug im Bus in einen Vogelpark oder Kleintierzoo gefahren werden, um real existierende Hühner kennenlernen und staunend zu erleben, wo ihre Frühstückseier herkommen oder um Vogelgezwitscher anhören zu können.

Mancher findet es schön, dass Fast-Food aus dem Supermarkt und Imbiss heute schnell den Hunger stillt, schade nur, dass die Naturverbundenheit und der Umgang mit Haustieren dabei größtenteils auf der Strecke geblieben ist.

Ein Beispiel für gelebte Tierliebe war Braak, der Ganter.

Braak, Braak

Nicht nur Hunde schließen sich Menschen eng an. Die Rolle des Beschützers kann auch ein Ganter einnehmen, wie Bekannte von uns in der Nachkriegszeit erleben durften.

Ein Nachbar von ihnen, der Gänse züchtete, wollte ein Junges, das keine Mutter mehr hatte, töten. "Das kommt gar nicht in Frage," sagte unser Bekannter, "so lange Hoffnung besteht, versuchen wir, das Tier durchzubringen."

Mit Brei und Wasser zogen er und seine Frau es von Hand auf. Das Junge wohnte mit in der großen Wohnküche in einem selbst gebastelten Verschlag und gedieh prächtig. Ja, man muss sagen, es wurde von allen verhätschelt. Der zarte Kleine wuchs zu einem stattlichen Ganter heran, der die ganze Familie beschützte.

Flügelschlagend und kreischend kam er auf jeden zugeschossen, der über den Hof kam und sich dem Haus näherte. Wie ein Hund ging er an der Gartenpforte rauf und runter, wenn z. B. der Briefträger kam. Nach Fremden schnappte er sogar. Seiner Familie gegenüber aber war er stets freundlich und friedlich.

Wenn der Junge aus der Schule kam, begrüßte er ihn überschwänglich, ließ sich den Kopf kraulen und begleitete ihn ins Haus. Er ging neben Vater und Sohn spazieren, wenn sie frisches Grünfutter für ihn pflückten. Wenn die beiden sich dann nach getaner Arbeit auf einer Wiese ausruhten, legte der Ganter sich zu ihren Füßen und bewachte sie.

Sogar auf seinen Namen hörte er. Die Familie nannte ihn "Braak", weil er einen ähnlich klingenden Laut hervorbrachte. Wenn sie ihn so riefen, kam er eilig angelaufen. Konrad Lorenz hätte seine Freude an ihm gehabt.

< >

Die Familie, die den Ganter Braak aufzog, hielt auch Kaninchen in großen Doppelställen. Dadurch kam es zu folgendem lustigem Erlebnis.

Freundschaft

Freundschaften zwischen Kindern und Tieren sind immer etwas Besonderes. Beide Seiten müssen lernen, den anderen zu achten, Verantwortung zu übernehmen und zu vertrauen. Die Liebe sollte natürlich nicht so groß werden, dass Papas Strafe keine Strafe mehr ist.

Der Sohn sollte mit seinen vier Jahren schon beim Ausmisten der Kaninchenställe helfen. Nach kurzer Zeit hatte der Junge keine Lust mehr und spielte nur noch mit den Tieren. "Wenn du nicht hilfst, sperre ich dich in den Stall!" schimpfte der Vater. Diesen Gedanken fand der Junge, der die Kaninchen liebte, ganz toll und spielte weiter mit ihnen.

Da machte der Vater seine Drohung war, schnappte ihn, steckte ihn in den Stall und schloss ab. Er dachte, sein Sohn würde sofort lieb darum betteln, wieder raus gelassen zu werden. Aber weit gefehlt! Der war glücklich, dass er so nahe bei seinen Freunden sein durfte.

Natürlich holte der Vater ihn kopfschüttelnd gleich wieder raus, ärgerlich, weil die Strafe nicht gewirkt hatte. Aber zu seiner Überraschung fing das Kind jetzt an zu weinen. Es wollte so gern bei den Kaninchen bleiben...

Nachwort

Zuerst wollte ich das Buch: "Tiere sprechen für sich" nennen, aber dann ließ ich sie doch nicht selber sprechen sondern erzählte von meinen Erlebnissen mit ihnen.

Ungewollt passierte dabei genau das, was ich eigentlich vorhatte: die Tiere sprachen für sich!

An diesen kleinen Anekdoten wird deutlich, wie pfiffig und oft mit Überlegung unsere Haustiere handeln, die sich uns - freundlicherweise - anpassen und doch ihren eigenen Charakter haben.

Kein Schäferhund gleicht einem anderen und selbst nachts sind nicht alle Katzen grau. Das ist es, was die Beschäftigung mit ihnen so interessant und liebenswert macht. Sie können Begleiter sein, Unterhalter, Nervensägen - und wahre Freunde.